Giovanni Verga

In portineria

Texte et illustration de couverture : © domaine public
Edition : Culturea (Hérault, 34)
Contact : infos@culturea.fr
Retrouvez notre catalogue sur http://culturea.fr
Imprimé en Allemagne par Books on Demand
Design typographique : Derek Murphy
Layout : Reedsy (https://reedsy.com/)

Dépôt légal : janvier 2023

ISBN : 9791041846207

IN PORTINERIA

Scene popolari in due atti

*Recitata in Milano al Teatro Alessandro Manzoni dagli attori della Compagnia Nazionale, il 16 maggio 1885.
Interpreti principali, Olga Lugo ed Enrico Reinach.*

PERSONAGGI

Battista, *portinaio*

Giuseppina, *sua moglie*

Màlia, Gilda, *modista* (*loro figlie*)

Carlini, *operaio*

Assunta, *serva*

Don Gerolamo, *prete*

La Signora

Il Dottore

Luisina, *giornalaia*

Angiolino, *cuoco*

La Modella

Il Postino

In Milano. - Epoca presente.

ATTO PRIMO

La corte di una vecchia casa. A destra la tromba del pozzo, a sinistra la porta di un magazzino, in fondo il portico e l'androne. Sotto il portico, a destra, l'uscio a vetri della portineria, a sinistra la scala, in mezzo il cancello dell'androne. Al di là del cancello, a destra, l'uscio per cui si entra in portineria, in fondo la porta che dà sulla strada.

Sull'imbrunire. Nella via passa di tanto in tanto della gente, e cominciano ad accendere i lampioni. Si ode la Luisina strillare: Secolo! Pungolo! Corriere della sera!

SCENA I

Giuseppina e Luisina.

GIUSEPPINA (*attraversando il portico, dalla sinistra, e chiamando verso la portineria*). Ehi, Màlia, è ora di accendere il gas.

LUISINA (*venendo dalla strada, in fondo*). *Pungolo e Corriere!* — Sora Giuseppina? Ehi, sora Giuseppina?

GIUSEPPINA. Ehi?

LUISINA (*passandole i giornali attraverso il cancello*). Ecco!

Sottovoce:

Badi poi che la sua Gilda c'è un certo tizio che le corre dietro.

GIUSEPPINA. La Gilda? Oh, Madonna!

LUISINA. Sicuro! Li ho visti vicino al ponte, che essa gli faceva una gran scena! ed era fuori della grazia di Dio! Parlava di buttarsi nel naviglio, nientemeno!

GIUSEPPINA. Ah, Signore! Cosa viene a dirmi!...

LUISINA. Alle volte, non si sa mai... È meglio aprirle gli occhi, Dico bene?

GIUSEPPINA. La ringrazio, sora Luisina.

LUISINA. Siamo mamme, cara lei! Però mi raccomando, non mi tradisca!

Esce strillando:

Secolo! Pungolo! Corriere della sera!

SCENA II

Màlia e Giuseppina; indi il Postino e poi Carlini.

MÀLIA (*venendo in corte dalla portineria, collo streghino acceso*). Mamma, anche la scala?

GIUSEPPINA. Sì, Sì...

Brontolando tra sè:

Ora l'accomodo io!

IL POSTINO(*dalla porta di strada, in fondo*). Posta!

Entra in portineria dall'uscio al di là del cancello, mentre Giuseppina vi entra da quello sotto il portico.

CARLINI (*uscendo dal magazzino, e andando a lavarsi le mani alla fontanella della tromba*). Oh, sora Màlia!... buona sera!

MÀLIA (*con un sorriso dolce e timido*). Buona sera, sor Carlini.

CARLINI. Bene, bene! Adesso va meglio, eh? Vedo che comincia a uscir di casa...

Asciugandosi le mani col fazzoletto.

Vuole che l'aiuti?

MÀLIA. No, grazie... non si incomodi...

CARLINI (*togliendole lo streghino di mano*). Lasci fare, lasci fare a me.

Accende il lampione sotto il portico.

IL POSTINO (*nell'andarsene, dall'androne, verso la portineria*). Io non ne so nulla, cara lei. Le mettono alla posta, e noi le portiamo.

Esce.

MÀLIA. Grazie della gentilezza, sor Carlini!... Grazie tante.

CARLINI. Niente, niente. Son contento di vederla guarita. È un po' pallida ancora, ma passerà.

MÀLIA (*con un sorriso triste*). Sì, adesso sto meglio... Il dottore dice che va meglio...

CARLINI. Bene, bene, mi fa tanto piacere.

MÀLIA (*timidamente affettuosa*). Dice davvero, sor Carlini?

5

CARLINI. Sì, proprio, di tutto cuore.

MÀLIA (*arrossendo e chinando il capo*). M'era parso invece... che non gliene importasse più di me...

CARLINI. O cosa le viene in mente adesso?

MÀLIA. Un pezzo che non si fa vedere, in casa!...

CARLINI. Che vuole?... tanto da fare nel magazzino!...

MÀLIA. Io lo vedo sempre, lì...

CARLINI. Anch'io, anch'io... Sua sorella però, non s'è vista tornare ancora!...

MÀLIA. Tanto da fare dalla sarta anche lei, povera Gilda!

CARLINI. Vede, ho i miei fastidii!... Ciascuno ha i proprii fastidii in capo. Non voglio venire a seccar la gente anche!

MÀLIA. Oh, che dice mai!...

CARLINI. Nulla.., non dico nulla... Non glielo posso dire...

MÀLIA. Tutti le vogliono bene qui, invece!...

CARLINI. Grazie, bontà sua. Vuol dire che lei è sempre la stessa... Ma sua sorella, cos'ha, dica? ...

MÀLIA. Ma... nulla... non saprei...

CARLINI. Avrà i suoi fastidii anch'essa... Prima non era così!...

MÀLIA (*guardandolo negli occhi, con un vago turbamento*). Perchè?...

CARLINI. Niente...

Offrendole un garofano che si è tolto dall'occhiello.

Lo vuole questo fiore?

MÀLIA (*con effusione contenuta, facendosi rossa*). Oh, sor Carlini!... grazie!...

CARLINI. Lei è tanto buona!... si merita questo e altro!... Son proprio contento di vederla guarita!...

MÀLIA (*tra lieta e commossa, ma sempre timida e imbarazzata*). Lei piuttosto!... lei!...

Odorando il garofano.

Grazie!... Che bella sera!...

CARLINI. Ha fatto anche un bel caldo, oggi!

MÀLIA (*confusa, vedendo venir gente*). Riverisco, buonasera!...

Scappa su per la scala.

SCENA III

La Modella dalla porta di strada, Carlini al di qua del cancello; poi Giuseppina uscendo dalla portineria, e infine Assunta e Màlia dalla scala.

LA MODELLA (*facendo capolino in portineria, dall'uscio al di là del cancello*). Di grazia, il sor Fiori, quello che fa il pittore?

Pausa.

Ha lasciato detto nulla, se venivano a cercarlo?

Pausa.

Partito!... così all'improvviso!... È un bel mobile! glielo mandi a dire! Un bel figuro! glielo mandi a dire, da parte della modella!...

Se ne va sbattendo l'usciale della Portineria.

CARLINI. Piss!... piss!...

LA MODELLA (*voltandosi indispettita*). Stupido!

Esce dalla porta in fondo.

GIUSEPPINA (*venendo in corte dalla portineria*). Va là! va là anche te!...

CARLINI (*ridendo*). Roba di contrabbando, eh, sora Giuseppina?

GIUSEPPINA. Non me ne parli! Non me ne parli che è una vera porcheria! Tutto il giorno quella processione!... tanto che glielo dissi, a quel pittore delle mie ciabatte! Caro lei, questa è una casa onesta... Ho due ragazze da marito...

CARLINI. Ah, vede bene!...

GIUSEPPINA. E lui ora, mi pianta l'alloggio, vede?

CARLINI. Meglio! buon viaggio!

GIUSEPPINA. Sicuro! per quello che ci perdo!... cinque lirette appena, Natale e ferragosto, cascasse il mondo! e poi la mesata magra, stirare e far le stanze...

CARLINI. Però, scusi, alle volte... la sora Gilda non doveva mandarla da un giovanotto a far le stanze...

GIUSEPPINA. La mandavo quand'era uscito! Non posso mica farmi in quattro! La Màlia in fondo a un letto... la porta da guardare!... Però quando vidi che non ci era da fidarsi... Bene, dissi bene! vuoi stare nella polvere e il sucidume? bene!

ASSUNTA (*scendendo dalla scala insieme alla Màlia, col paniere delle bottiglie e una bugia in mano*). Le hanno scritte anche sul libro! Se manca una bottiglia c'è una scena. Vogliono anche la pelle!

7

GIUSEPPINA. Si diceva di quel pittore, sora Assunta! Seguita la processione anche dopo ch'è partito! Un'altra ch'è venuto a cercarlo, adesso!...

ASSUNTA. Una bella porcheria!

GIUSEPPINA. Dico bene! Con due ragazze che ci ho in casa!...

A Màlia, bruscamente:

Cosa stai ad ascoltare?

MÀLIA (*mortificata*). Vado, mamma.

Rientra in portineria.

ASSUNTA. Una bella porcheria! Affittano a chicchessia per pigliare quei quattro soldi, e poi vogliono la pelle della gente di servizio!

GIUSEPPINA. E io? Con due ragazze che ho, e imparano la malizia!

CARLINI. Certo! specie la sora Gilda!

GIUSEPPINA. Perchè? cos'ha da dire, lei?

CARLINI (*mortificato*). Io?... niente, scusi.

GIUSEPPINA. Perchè le piace figurare colle sue compagne? È naturale, alla sua età...

CARLINI. Scusi tanto; sarà benissimo. Lei è la mamma; ha da pensarci lei.

Esce.

ASSUNTA. Il sor Carlini parla nel suo interesse; Perchè le vuol bene, sora Giuseppina. Una bella ragazza come la Gilda... Bisogna aprire gli occhi.

GIUSEPPINA (*sospirando*). A chi lo dice, cara lei!

ASSUNTA. Con tanti sfaccendati che c'è intorno!...

GIUSEPPINA. A chi lo dice! a chi lo dice! Sapesse che pensiero!... Guardi un po' adesso cosa mi succede!... che alla Gilda le ronzano già i mosconi intorno, e le mandano le lettere col bollino da cinque!

Mostrandole la lettera che ha recato il postino.

ASSUNTA. Volevo ben dirle! Bisogna aprire gli occhi!

GIUSEPPINA. Guardi un po' lei che ci vede meglio in questi sgorbi.

Dandole la lettera.

Glieli farò aprire io gli occhi!

ASSUNTA (*leggendo tra sè la lettera*). Dice così, in sostanza, ch'è una stupida... una brutta stupida, che non è altro, dice... E si crede non so che cosa... Ma quel bel mobile del suo spasimante ora la pianta col danno e le beffe, per tornarsene al suo paese, e ben gli stia!... Brutta sfacciata, che ne ha tanto piacere, lei... quest'altra... (*restituendole la lettera*). Dev'essere una donna che scrive.

GIUSEPPINA. Vede? Ah, Signore! Ora l'aggiusto io, appena torna a casa!

ASSUNTA. No, con prudenza, se no fa peggio. Che vuole? un visetto come quello della sua Gilda, che dà subito nell'occhio!...

GIUSEPPINA. Sì, non lo dico perchè è mia figlia; ma essa con uno straccetto di vestito figura meglio di una principessa... Tutti risparmi delle sue mani, però; che suo padre, benedett'uomo, in casa non fa regnare un quattrino.

ASSUNTA. Badi, badi! Eccolo qui!

SCENA IV

Battista e dette.

BATTISTA (*venendo di fuori, dopo esser passato dalla portineria*). E così? non si desina oggi? La Gilda è ancora a spasso?

GIUSEPPINA. Ecco! Lui non vuol sapere altro! Chi ha i guai invece se li tenga!

BATTISTA. Che c'è? che c'è?

GIUSEPPINA. Niente c'è! A te cosa importa? che t'importa della moglie? che t'importa delle figliuole? Sempre fuori cogli amici! tutto il giorno dal Brusetti!...

ASSUNTA. Riverisco, riverisco.

Riprende il paniere e la bugia che ha lasciato sullo scalino, e scappa in cantina.

BATTISTA. Ho inteso! Riverisco anch'io!

Per andarsene.

GIUSEPPINA. È questa la maniera?

BATTISTA. Vuoi proprio leticare? Io no, veh!

GIUSEPPINA. Tu no! Tu è meglio darti bel tempo fuori di casa! E chi ha da tribolare qui, ci stia.

BATTISTA. Hai finito?

GIUSEPPINA. Con due figliuole da maritare! Vergogna!

BATTISTA. Hai finito? Anche le figliuole da maritare adesso?

GIUSEPPINA. Vergogna! Non ci pensi neppure!...

BATTISTA. Devo andare intorno a cercare i mariti per le figliuole, anche? Devo pigliare pel collo la gente che passa?

GIUSEPPINA. No, no, non importa! Che se capita una disgrazia poi!...

BATTISTA. Ehi?

GIUSEPPINA. Sissignore! Non pensi che la Gilda è grandicella?... con tanti rompicolli che c'è intorno!... e anche qui, in casa!...

BATTISTA. Devo stare a covare le figliuole? Mi tocca fare il carabiniere anche?

GIUSEPPINA. No, non lo stare a fare il carabiniere. Li chiamerai dopo i carabinieri, quando ti capita quel che ti meriti!

BATTISTA. Ehi? ehi, dico!

GIUSEPPINA. Tè! vuoi saperlo? A tua figlia cominciano a ronzarle i mosconi intorno!... Tè! Piglia!

BATTISTA. Io? Io, piglio? Punto primo, la mia figliuola sa il suo dovere! punto secondo, se non lo sa glielo insegno io! Colle cattive glielo insegno! Non sono mica di quelli che chiudono gli occhi! I mosconi so scacciarmeli io di torno!... colle cattive, intendi?

GIUSEPPINA. Caro te, è inutile far lo spaccamonte qui, dietro il cancello! È inutile farmi gli occhiacci!

BATTISTA. Foss'anche Domeneddio, intendi? Farò una cosa che la metteranno sui giornali! La sora Gilda l'avrà da far con me!

SCENA V

La Signora, venendo di fuori, poi Assunta dalla cantina e detti.

LA SIGNORA. Cos'è, Battista? cos'è questo chiasso? Vi par d'essere all'osteria?

BATTISTA (cavandosi il berretto). Scusi tanto, sora padrona!... mia moglie, qui, che mi diceva...

LA SIGNORA. Bella maniera! Badate piuttosto che stasera aspetto gente. Venite di sopra, a dare una mano, qualcuno di voi.

BATTISTA. Sissignora, subito.

La Signora va su per la scala. Battista buttando il berretto a terra.

È una galera, tale e quale!

ASSUNTA. Cos'è stato, sor Battista?

BATTISTA. Nulla, mi lasci crepare.

Esce di casa.

ASSUNTA. Che c'è, sora GIUSEPPINA?

GIUSEPPINA. Ecco il bel costrutto, con lui! Chi ha i fastidi se li tenga, e se gliene parlano poi, ecco, che monta in furia!

ASSUNTA. Gli ha detto qualche cosa?

GIUSEPPINA. Eh, cosa vuole che gli dica? Lui altro che gridare non sa! Più tardi ci sarà l'inferno, colla Gilda!

ASSUNTA. Senta... perchè non la marita?

GIUSEPPINA. Magari maritarla! ma trovare con chi poi...

ASSUNTA. Scusi, e il sor Carlini perchè le bazzica in casa?

GIUSEPPINA. Quello è per la Màlia. Un pezzo che me ne sono accorta.

ASSUNTA. No, sora Giuseppina, adesso è per la Gilda. Anzi si lamenta di lei, che non è più quella di prima.

GIUSEPPINA. O Madonna! Cosa mi viene a dire?

ASSUNTA. Sicuro, lo so di positivo.

GIUSEPPINA. E la Màlia che se l'era messo in testa!...

ASSUNTA. Sta a vedere se lui poi...

GIUSEPPINA. Sì, sì, anche lui! Veniva ogni sera, mentre era malata...

ASSUNTA. Veniva per la Gilda, cara lei!

GIUSEPPINA. No, no. Faccio finta di niente, ma ci vedo!

ASSUNTA. Bene, sarà come dice lei. Vuol dire che vicino a quell'altra poi...

GIUSEPPINA. È una bella porcheria!

ASSUNTA. Son cose che succedono, sora Giuseppina!

GIUSEPPINA. Sarà benissimo, ma è una bella porcheria!

ASSUNTA. E poi... dica lei stessa... la sposerebbe una ragazza malaticcia, com'è sempre la Màlia, dica?

GIUSEPPINA. Ah, meschina me!

ASSUNTA. Siamo povere genti, bisogna pensare anche a questo.

GIUSEPPINA. Ma la Màlia cosa dirà?

ASSUNTA. Cosa vuole che dica?... Già, se non può accasarsi lei, è meglio lasciare il posto a sua sorella. Le pare?

GIUSEPPINA. A me mi pare che sarà un gran colpo per quella figliuola!...

ASSUNTA. Cara lei, bisogna esser signori per fare ciò che accomoda meglio. Ma che mi scherza? Un povero diavolo che campa a giornata!... Un galantuomo però, la vede bene!

GIUSEPPINA. Un galantuomo... sarà...

ASSUNTA. La vede bene s'è un galantuomo! se si tira indietro di sposare le sue ragazze, l'una o l'altra... Che ne dice?

GIUSEPPINA. Che vuole?... Sono mamma... sono come quello che non sa che fare... di qua mi pungo, di là mi dolgo...

ASSUNTA. Brava, perch'è mamma! Le si presenta un buon partito... Non se ne trovano tanti fra i piedi oggi!

GIUSEPPINA. Va benissimo, ma io penso a quell'altra poveretta, che se l'era messo in testa...

ASSUNTA. Ragazzate, cara lei! Cose che succedono tutti i giorni! Vuole che lo dica la sora Màlia stessa? Non ci penserà più neanche lei, adesso. Vuole che la chiami, eh?

GIUSEPPINA. No, non ora!...

ASSUNTA. Lasci fare! Così per discorrere...

Chiamando verso la portineria:

Ehi, sora Màlia!

a Giuseppina:

Così, per sentire che ne dice...

SCENA VI

Màlia dalla portineria, e detti.

ASSUNTA. Dica lei, sora Màlia, dica lei stessa. Sarebbe contenta di veder maritare sua sorella?

MÀLIA (*sorpresa, guardando sbigottita or l'una or l'altra delle due donne*). Io?... ma perchè?...

ASSUNTA (*a Giuseppina*). Lasci fare! (*a Màlia*) di veder che sua sorella sposa un buon giovane, uno che sarebbe come un fratello anche per lei?... il sor Carlini, là!

MÀLIA (*quasi le mancasse il fiato*). Il sor Carlini, mamma?

ASSUNTA. Sì, che ne dice?

MÀLIA. Io?... Devo dirlo io?...

GIUSEPPINA. No... son discorsi in aria ancora...

ASSUNTA. No, no, so quello che dico! mi lasci parlare. La sora Màlia è tanto una brava ragazza! tanto che vuol bene alla sorella! Sarà contenta di veder maritare sua sorella almeno! Qui si fanno le cose d'amore e d'accordo.

GIUSEPPINA. Poi ci dev'essere la volontà di mio marito.

ASSUNTA. Suo marito farà quel che vuol lei. Ora bisogna che dica la sua anche la sora Màlia.

MÀLIA (*premendosi il petto colle mani, balbettando dall'angoscia*). Ma cosa devo dire io?

ASSUNTA. S'è contenta anche lei d'avere per cognato il sor Carlini.

MÀLIA. Io... sì... s'è contento lui... e anche la Gilda...

ASSUNTA (*a Giuseppina, trionfante*). Vede, vede se la sua ragazza è una perla!

GIUSEPPINA (*baciando Màlia, con le lagrime agli occhi*). Tè! che voglio dartelo proprio di cuore!

MÀLIA (*vacillando, e scostandola colle mani tremanti*). Oh, mamma!...

GIUSEPPINA. Cos'hai?

MÀLIA. Nulla... il mio solito male... qui...

ASSUNTA. Vede, vede se quella è una ragazza da maritare!

GIUSEPPINA. Oh, Signore Iddio!

MÀLIA. Non è nulla mamma... Non ti spaventare...

ASSUNTA. Su, su... che torna il sor Carlini...

MÀLIA. Non è nulla... Non gli dite nulla, per carità!

SCENA VII

Carlini e detti.

CARLINI. O cos'ha la sora Màlia?

Màlia lo guarda accorata un breve istante negli occhi, e china il capo facendo un gesto vago, senza aprir bocca.

ASSUNTA. Niente... è la coda di quella lunga malattia...

GIUSEPPINA. Colpa sua, di lui!

MÀLIA. No, mamma!... no!

CARLINI. Colpa mia? Che le ho fatto?

ASSUNTA. Ma no! È che non sta bene in gamba ancora, e ogni piccola cosa...

GIUSEPPINA. Questa, vede, è un angioletto! messa al mondo per portare la croce!

CARLINI. Lo so. È vero...

GIUSEPPINA. Lo sa. E per questo le ha piantato i chiodi anche lei!

MÀLIA. Mamma, basta!...

CARLINI (*discolpandosi, colle mani in croce sul petto*). Sora Giuseppina!

ASSUNTA. Basta, ora è accomodata ogni cosa. Vuol bene a sua sorella, ed è contenta che sia felice almeno lei.

CARLINI. Perchè? cos'è successo?

ASSUNTA. Via, non faccia più misteri. La sora Giuseppina, qui, sa tutto.

CARLINI. Chi gliel'ha detto?...

ASSUNTA. Sono stata io, caro lei! Le ho detto quello che mi canta ogni volta. Perchè viene a seccarmi allora?

GIUSEPPINA (*a Carlini*). Però, se aveva quell'intenzione, perchè mi ha scaldato il capo a quest'altra poveretta?

CARLINI. Io? può dirlo lei stessa, sora Màlia!...

MÀLIA (*dolcemente e con tristezza*). Sì... sì... è vero...

ASSUNTA. Alle volte qualche parola, di quelle che non vogliono dir nulla, così nel vedersi tutti i giorni... Ma la sora Màlia è tanto una buona ragazza!...

CARLINI (con calore). Quanto a questo sono il primo io a dirlo! Una ragazza che si fa voler bene per forza!

GIUSEPPINA. Intanto mi tocca tenermela malata!

CARLINI. Vorrei essere un signore, guardi! Vorrei essere un signore per pigliarmela così com'è... e mantenerla magari a medici e speziali! glielo dico qui in faccia!

GIUSEPPINA. Lo so ch'è un galantuomo; per questo l'ho lasciato bazzicare in casa.

ASSUNTA (*a Giuseppina*). Vede? Se l'è venuto in casa, ci è venuto col buon fine!

GIUSEPPINA (*a Carlini*). Almeno mi vorrà bene a quell'altra?

CARLINI. A tutt'e due gliene vorrò! Voglio che mi abbiate come un altro figliuolo, sora Giuseppina!

SCENA VIII

Angiolino dalla sinistra; poi Gilda e detti.

ANGIOLINO. Ehi? ehi, Assunta?

ASSUNTA. Che c'è?

ANGIOLINO. La padrona! presto!

ASSUNTA. Vengo! vengo! Non ho le ali per volare!... col paniere pieno, anche!

ANGIOLINO. Oh, la bella compagnia! Anche la sora Màlia!

MÀLIA. Riverisco, sor Angiolino.

ANGIOLINO. Bene. È guarita? Mi rallegro.

GIUSEPPINA. Vede? Ne ha viste tante, poveretta!

ANGIOLINO (*voltandosi verso l'interno*) Pronto! Comandi!

Rientra.

ASSUNTA. Accidenti!

Ripiglia il paniere e la bugia, e s'avvia su per la scala.

GIUSEPPINA. Vengo anch'io, se no mi tocca sentirle. *A Màlia:*

Tieni d'occhio la porta, e bada al desinare intanto.

MÀLIA.. Sì, mamma.

CARLINI. Vada, vada, sora Màlia. Non stia qui a prendere il fresco.

MÀLIA (*con un sorriso umile e triste*). Mi manda via anche?

CARLINI. No. Dico per lei, che, le può far male.

MÀLIA (*con una tinta d'amarezza*). Non mi fa nulla... Che le fa a lei?...

CARLINI (*imbarazzato*).. Ce l'ha con me adesso? Dica?

MÀLIA (*con dolcezza rassegnata*). No, sor Carlini... no...

CARLINI (*prendendole la mano*). Vorrei che sua sorella avesse il suo cuore, vede!

MÀLIA (*tirandosi indietro, colle lagrime agli occhi*). Mi lasci stare adesso!...

Vivamente, vedendo entrare la Gilda dalla porta di strada:

Mi lasci!...

CARLINI. Oh! Buona sera, sora Gilda!

Gilda entra in portineria senza rispondere.

Non risponde? Cos'ha?

MÀLIA (*giungendo le mani*). Senta!... Non dica nulla alla Gilda almeno!... Di me non dica nulla!... È mia sorella, capisce!...

CARLINI (*commosso*). Oh, sora Màlia!... Lei...

MÀLIA. Basta. Siamo intesi.

Dolcemente.

Riverisco, sor Carlini.

S'avvia verso la portineria.

GILDA (*che ne esce in quel punto, di cattivo umore, colla secchia vuota*). Ah, vi credevo tutti a spasso. In casa non c'è una goccia d'acqua.

MÀLIA. La mamma è andata di sopra. Dai a me!...

GILDA. Non far la brava adesso! Va, va!

MÀLIA (*insistendo per toglierle la secchia di mano*). Ma no...

GILDA (*bruscamente*). Va, ti dico! Va!

Màlia rientra in portineria, mortificata.

SCENA IX

Carlini e Gilda.

CARLINI (*facendo per aiutarla, però ancora imbronciato*). A menare la tromba ero buono anch'io, se me l'avesse detto...

GILDA. No, grazie, non s'incomodi.

CARLINI. Lasci, lasci fare a me.

Menando la tromba

che almeno son buono per questo...

GILDA. Perchè dice così?

CARLINI. Perchè... Perchè... Basta, lo sa!

GILDA (*impazientita*). Io non so nulla, caro lei.

CARLINI. Ah, no? Non ne vuol sapere?

GILDA. Badi ora, che riversa...

CARLINI. Mi tratta come un cane oggi, guardi!

GILDA. Sa, non ho voglia di fare le solite scene, adesso!

CARLINI. O cos'ha infine? Me lo dica, cos'ha?

GILDA. Nulla, cosa mi vede?

CARLINI (*riscaldandosi*). Vedo che mi tratta come un cane! Da un pezzo che non è più quella di prima! Ed io, bestia, che le voglio sempre bene!...

GILDA. Badi, che possono udire...

CARLINI. Non me ne importa. Lo sanno tutti.

GILDA. Eh? Che significa questo discorso?

CARLINI. Che la sua mamma sa ogni cosa adesso... ed è contenta, lei!...

GILDA. Ah!... Beata lei, allora!

CARLINI (*mortificato*). Lo dica chiaro e tondo dunque che non gliene importa più nulla di me!... Mentre mi pareva d'aver preso il terno al lotto!...

GILDA. Eh, per esser contenti ci vorrebbe davvero il terno al lotto per tutt'e due.

CARLINI. Perchè non siamo ricchi, eh?... I suoi genitori non ne hanno colpa se non l'hanno fatta nascer ricca...

GILDA. E neppure io ne ho colpa.

CARLINI. E allora, cosa vuol dire?

GILDA. Nulla. Mi lasci stare!

CARLINI. Basta volersi bene!...

GILDA. Bella consolazione!

CARLINI. Vede come mi tratta?

GILDA. Dico, bella consolazione!

CARLINI. Eh, una volta non parlava così!... Vuol dire che ci ha altro pel capo!

GILDA. Senta! Mi lasci in pace oggi!

CARLINI. Ah!... Bene!... La lascio!...

GILDA. Bene.

CARLINI. La lascio!... Ma prima voglio dirle il fatto mio!...

GILDA. Ohi sono stufa, sa!

CARLINI (*rimasto un momento sconcertato, strappandosi il berretto di capo*). Ecco!.... Sono un asino!... Una vera bestia!...

Vedendo venir la Màlia rientra nel magazzino, sbattendo l'uscio.

SCENA X

Màlia e Gilda.

GILDA (*irritata a Màlia*). Ah! Eri lì ad ascoltare!...

MÀLIA. No... Ti giuro...

GILDA. Non me ne importa, sai!

MÀLIA. Oh, Gilda!... che t'ho fatto?

GILDA. Non me ne importa! Va pure a dirglielo al sor Carlini!

MÀLIA. Io?...

GILDA. Sì, ti pare che non lo sappia? Guarda, sei pallida!

MÀLIA (*accorata*). Oh Gilda!... come mi tratti male!

GILDA. Vedi, sono cattiva anche!

Asciugandosi gli occhi stizzosamente.

Lasciami rompere il collo, ch'è meglio per tutti quanti!

MÀLIA (*vivamente, mettendole la mano sulla bocca*). Zitta! Non dir così!

GILDA. Lasciami! Son arcistufa! Non ne posso più di questa vita!

MÀLIA. Ma perchè? Cos'hai?

GILDA. Nulla. Non te lo posso dire.

MÀLIA (*con un lieve tremito nella voce*). Pensa alla mamma, poveretta, che ha avuti tanti dispiaceri!... Gliene ho dati tanti, con questa grama salute!...

GILDA. Vorrei esser morta io, invece!

MÀLIA. ...Pensa a lui.., che ti vuol tanto bene!...

GILDA. Grazie. Bontà sua!

MÀLIA, Dice che gliene volevi anche tu... allora...

GILDA. Allora, era allora.

MÀLIA (*sbigottita*). Oh, Gilda!...

GILDA. Allora era allora. Ho altro per il capo adesso.

MÀLIA. Poveretto!... Come farà?

GILDA. Come farà?

Prendendole la fronte fra le mani, e guardandola fiso negli occhi.

Tu sei una santa!... Perdonami!

Asciugandosi di nuovo gli occhi stizzosamente.

MÀLIA (*abbracciandola tutta tremante*). No, Gilda, no!...

Chinando il viso.

Ti dirò tutto!... come se fossi in punto di morte... Sai che sono stata in punto di morte!... Lui non mi ha detto una parola... una parola sola... mai!... Veniva a vedermi perchè ero ammalata... E nient'altro, ti giuro!... ti giuro!... Gli facevo soltanto compassione, ecco... Mentre io, sciocca...

Scoppia a piangere col viso tra le mani.

GILDA (*commossa, quasi colle lagrime agli occhi*). Vedi! vedi se sono stata cattiva!

MÀLIA (*rossa in viso e tentando di sorriderle fra le lagrime*). Ma non ci penso più ora!... Vedi che ne rido io stessa?... Purché siate felici!...

GILDA. No, non può essere... Diglielo tu che sei buona, e te lo meriti il bene...

MÀLIA (*sbigottita, trasalendo*). Oh no!... Io no!...

GILDA (*bruscamente*). Digli quello che vuoi... Non me ne importa.

MÀLIA (*supplichevole*). Ma perchè? perchè? ...

GILDA. Vuoi sapere il perchè?... No... non posso dirtelo, a te che sei una santa!

MÀLIA (*a mani giunte*). Oh Gilda!...

GILDA. Digli che ho promesso ad un altro... Che è finita ormai...

MÀLIA (*alla Giuseppina che sopravviene*). Ah!... Mamma! mamma!...

SCENA XI

Giuseppina e dette, poi Carlini.

GIUSEPPINA (*a Gilda, irritata*). Ah! Sei qui finalmente!

GILDA. Mamma, sentite! Lasciatemi stare oggi! Non sono in vena d'ascoltare la predica!

GIUSEPPINA. Te la darò io la predicai Sentirai! Sentirai tuo padre appena torna a casa!

MÀLIA. Mamma, per carità!...

GILDA. Lasciatemi stare, o faccio qualche pazzia!

GIUSEPPINA. Così mi rispondi? Così rispondi a tua madre, per giunta?

GILDA. Che c'è infine? Che c'è?

GIUSEPPINA (*spiegazzandole in viso la lettera*). Ecco! Ecco cosa c'è!

MÀLIA (*vedendo venir Carlini, supplichevole*). Mamma!... Guarda che vien gente!...

GILDA. Fatele dinanzi a tutti le scene!

GIUSEPPINA. Sentirai tuo padre!... Appena torna a casa!...

CARLINI (*frapponendosi*). Via, sora Giuseppina!...

GILDA (*a Carlini*). Mi lasci stare anche lei!

GIUSEPPINA. Stupida!... Che sei una stupida c'è!... E hai quel che ti meriti, guarda!

GILDA (*agitatissima, strappandole di mano la lettera*). Ah così? Volete così?...

Entra correndo in portineria.

CARLINI (*a Giuseppina*). Vede, come mi tratta?

MÀLIA. Per carità, sor Carlini!...

GIUSEPPINA (*a Carlini*). Non cominci a far scene anche lei, benedetto Iddio!

CARLINI. Le scene!... Le farò!... Con chi mi tocca farle le farò!... Arriverò bene a scoprire quel che c'è sotto!...

MÀLIA. Senta! senta!...

CARLINI. Cosa vuole che senta? Non vede ch'è bell'e finita? Segno che c'è qualche altra cosa sotto!

MÀLIA (*agitatissima*). No!... Glielo dirò io!... Devo dirglielo io il perchè...

CARLINI. Lei non me l'avrebbe fatto questo servizio!... Dopo tanto che le volevo bene!... Tanti giuramenti, qui, in questo stesso posto!...

Gilda in questo momento passa dall'androne e scappa correndo fuori di casa.

MÀLIA (*a Carlini*). Ecco!... Ecco il motivo... Mamma, devo dirglielo a lui solo!... Ecco cos'è... In causa mia!... Per amor mio!... È mia sorella, vede!... Mi vuole tanto bene!... E credeva che anch'io... a lei... (*a Giuseppina*) Mamma, non ho coraggio dinanzi a te ...

GIUSEPPINA (*a Màlia, accennando del capo, accorata*). Va là! va là! che tu sei nata proprio per portare la croce!

Entra in portineria.

MÀLIA. Capisce?... Ha capito quello che voglio dire?...

CARLINI. No, no, sono prètesti, creda!

MÀLIA. Teme che io pensi sempre a lei... Teme di darmi un gran dolore...

GIUSEPPINA (*correndo come pazza dalla portineria verso la strada e gridando*). Ferma! ferma!... La mia Gilda!... La mia figliuola!...

MÀLIA. Ah! sor Carlini, ah!...

Fa per correre anche lei e cade sotto il portico, svenuta.

ATTO SECONDO

Interno della portineria. A destra un caminetto; più in là la scala che mette alla soffitta; a sinistra una grande finestra e l'usciale che dà in corte. Sul davanti presso il camino una poltrona, un'ottomana, e qualche seggiola; a sinistra un attaccapanni e il tavolone da sarto, su cui è appeso uno specchio; un cassettone e la scansia delle lettere, accanto all'uscio d'ingresso; un paravento dietro la poltrona; un becco di gas acceso sul camino. — In fondo, attraverso i vetri della finestra e dell'usciale si vedono l'androne della casa, a destra, e a sinistra il portico e la corte, pure illuminati a gas.

SCENA I

Màlia seduta sulla poltrona, pallida e rifinita, abbandonando di tratto in tratto il capo sui guanciali posti dietro le sue spalle. Assunta in piedi, accanto a lei; il Dottore sull'uscio, per andarsene, accompagnato dalla Giuseppina.

DOTTORE (*colla mano sulla gruccia dell'uscio, stringendosi nelle spalle, piano a Giuseppina*). Cosa vuole che le dica? È giovane e può tirare in lungo. Ma a buon conto, se vuol vedere il prete...

GIUSEPPINA (*sbigottita, giungendo le mani*). Oh, Signore!

ASSUNTA (*a Màlia che li segue cogli occhi inquieta*). Dia retta a me! Dia retta a me!

DOTTORE (*c. s. a Giuseppina*). No. Dico perchè so quel che succede poi: se campa, è la Madonna che fa il miracolo; se muore, l'ha ammazzata il medico. Con queste malattie di cuore non c'è da scherzare, da un momento all'altro. Io me ne lavo le mani.

Esce.

MÀLIA. Mamma, cos'ha detto il medico?

GIUSEPPINA (*afflitta, tentando di dissimulare*). Nulla, figliuola mia. Che va bene... va benone...

MÀLIA (*scuotendo il capo*). No, mamma, non mi sento bene.

GIUSEPPINA (*cercando di rassicurarla, però colle lagrime nella voce*). Non dubitare che la Madonna farà il miracolo. Oggi è la festa di San Giorgio; gli ho fatto voto che se guarisci, quest'altro anno andremo tutti insieme a fare il San Giorgio.

MÀLIA (*assentendo dolcemente col capo, come per illudersi anche lei*). Sì mamma!

GIUSEPPINA. Sai... lo zio prete ha mandato a dire che vorrebbe farti una visita...

MÀLIA (*sgomenta, fissandola in viso cogli occhi inquieti*). Ah!... lo zio prete?... Non viene quasi mai! Vuol dire che sto peggio, mamma?

GIUSEPPINA. Ma no, cara! No!...

ASSUNTA. O Dio! Signore! Preti e medici dicono sempre così... per farsi merito... Dieno retta a me, invece! Qui ci vuole la sonnambula. Con tre lire e una ciocchetta di capelli appena, la sonnambula vi vede dentro e fuori come in uno specchio, quello che avete e quello che non avete, e vi spiattella subito il suo bravo consulto in due parole.

Màlia. È vero, mamma?

Assunta. Sì, sì, lasciate fare a me.

Va a prendere le forbici dal banco.

Lasci che le tagli una ciocca di capelli, e in due salti vado e torno colla risposta della sonnambula.

Giuseppina (*fermandole le mani*). No, no, sora Assunta! Dicono che non è bene tagliare i capelli agli ammalati.

Assunta. Eh, che diavolo!

Giuseppina. Sì... Dicono che la testa se ne va via dietro ai capelli...

Assunta. Sciocchezze! La Dorina, mia nipote, che la conoscete tutti, sana e salva, non se n'è tagliati tante volte, per guarire dal brutto male? Anzi la sonnambula le fece trovare al Municipio un orecchino che aveva perso questo carnevale...

Màlia (*rassegnata*). Fate come volete... Fate tutti come volete...

Assunta. Qui, che non si vedono... Mi lasci fare... Faccia conto che sieno per l'innamorato...

A Giuseppina:

Le prometto che la sonnambula gliela rimette subito in gamba meglio di lei e di me... O almeno, s'è destinata, non vi rovinate a spendere, tutta la famiglia, e a guastarle lo stomaco con quelle porcherie...

Esce.

SCENA II

Màlia e Giuseppina, indi il Postino, la Signora e Angiolino.

Màlia (*dopo qualche istante di silenzio*). Mamma, che ora è?

Giuseppina. Il *Secolo* non l'ho sentito ancora.

Màlia. La sora Luisina sarà andata a fare il San Giorgio anche lei.

Giuseppina (*accarezzandola sui capelli*). Quest'altr'anno, se Dio vuole, ci andremo tutti insieme a fare il San Giorgio.

Màlia (*chinando il capo due o tre volte dolcemente*). Sì, mamma...

Il Postino (*entrando*). Posta!

Lascia lettere e giornali sulla tavola ed esce.

GIUSEPPINA (*distribuendo la posta nelle varie caselle della scansia*). Vuoi vedere le figure dell'*Illustrazione*?

MÀLIA. No, mamma... Sono stanca.

GIUSEPPINA. Così, stando a sedere. Dicevo per distrarti.

Sfoglia il giornale. Pausa.

MÀLIA (*pensierosa*). Mamma... perchè vuol venire a vedermi lo zio prete?

GIUSEPPINA (*accorata*). Ma per nulla,, figliuola mia... Non affliggerti, ora!...

MÀLIA (*rassegnata*). No, mamma... fallo venire, se vuoi...

GIUSEPPINA. C'è tempo... c'è tempo.

Pausa.

MÀLIA (*inquieta*). Mamma, va a vedere che ora è.

GIUSEPPINA. Adesso vado.

Vedendo entrare la Signora.

LA SIGNORA (*facendo capolino dall'uscio*). E così, come va questa ragazza?

GIUSEPPINA. Come Dio vuole, signora mia! Eccola lì.

MÀLIA. Riverisco, sora padrona!

LA SIGNORA. Buona sera, cara! C'è stato oggi il medico?

GIUSEPPINA. Sissignora, è venuto adesso. Dice sempre le stesse cose. Che posso farci, Madonna santa?... Di lassù deve venire il miracolo!

LA SIGNORA. Sì, sì, poveretta. Buona sera.

MÀLIA. Grazie, signora. Buona sera.

La Signora esce.

GIUSEPPINA (*teneramente*). Vedi, vedi, lo dicono tutti che il Signore farà il miracolo.

MÀLIA. Sì, mamma.

GIUSEPPINA. Hai bisogno di niente ora?

MÀLIA. No... di niente.

GIUSEPPINA. Allora vado.

Vedendo entrare Angiolino.

Vado a vedere un momento, mentre c'è qui il sor Angiolino.

Esce.

ANGIOLINO. Buona sera. Come va adesso?

MÀLIA. Bene. Grazie, sor Angiolino.

ANGIOLINO. La cera non c'è malaccio. Tanto meglio. L'Assunta è andata per lei dalla sonnambula.

MÀLIA. Sì, Dio gliene renda merito.

ANGIOLINO. Niente, niente. Lei si merita questo e altro.

MÀLIA. Dio glielo renda... di tante gentilezze... a tutti loro del vicinato...

ANGIOLINO. Lo sa! lo sa che le vogliono tutti bene nel vicinato! Magari Assunta le portasse una buona notizia, adesso!

MÀLIA. La Madonna farà il miracolo.

ANGIOLINO. Sì, poveretta. Il Purgatorio l'ha avuto qui, lei!

A Giuseppina che rientra:

Diceva, sora Giuseppina, magari la sonnambula mandasse una buona risposta!

GIUSEPPINA. Magari!

ANGIOLINO. Se ne son viste tante! Lei è giovine e guarirà. Mangiare, bere e stare allegri: ecco quel che ci vuole! Scappo perchè ho da fare. Riverisco.

MÀLIA. Riverisco, sor Angiolino.

GIUSEPPINA. Buona sera, buona sera.

Angiolino esce. Màlia s'asciuga gli occhi col fazzoletto.

GIUSEPPINA. Perchè piangi adesso, sciocca?

MÀLIA. Niente, mamma... Sono contenta anzi... Perchè vedo che mi vogliono bene... Ora che son tanto malata tutti quanti mi vogliono bene.

GIUSEPPINA. Sì, cara! Sì!

MÀLIA (*accorata*). Ma guarirò, è vero?... È vero, mamma, che guarirò?... Non sto tanto male poi, è vero?

GIUSEPPINA. No! Ma no!

MÀLIA (*accennando del capo affettuosamente, con un sorriso dolce e triste*). Anch'io vi voglio bene!... A tutti quanti vi voglio bene!...

GIUSEPPINA. Sta quieta ora, che il dottore ha detto di non pensare a nulla.

MÀLIA. Come posso fare, mamma?

GIUSEPPINA. E tu fallo!

Pausa. Giuseppina prepara la minestra al caminetto.

MÀLIA. Mamma, il babbo starà ancora molto a tornare?

GIUSEPPINA. No, no... anche lui!... Chetati ora!

MÀLIA. Non gli dir nulla... Ha tanti dispiaceri qui!... Sta fuori per questo, che non ci regge, poveretto!... Tu no, mamma!

Sorridendole dolce e triste:

Tu ci sei avvezza, a tribolare!... In causa mia, anche, povera mamma!...

GIUSEPPINA (*colle lagrime agli occhi*). Guarda ora che mi fai andare in collera!

MÀLIA. No... Sto zitta!

Pausa.

MÀLIA. Mamma, il riso l'hai messo a bollire?

GIUSEPPINA. Sì, sì, l'ho messo.

MÀLIA. Io non posso aiutarti, vedi....

GIUSEPPINA. Quest'altra adesso!

MÀLIA. Dico perchè quando sarò guarita voglio far tutto io in casa, e tu ti riposerai, povera mamma!

GIUSEPPINA. Sì, figliuola mia.

MÀLIA (*sorridendo dolcemente, quasi sottovoce*). Voglio star sempre in casa... Con te e col babbo... sempre!... capisci?... finchè sarò vecchia...

GIUSEPPINA. Sì, sì, sta quieta.

MÀLIA (*chinando il capo, con verecondia*). Capisci... Non vi lascerò mai... Non mi mariterò...

GIUSEPPINA. Oh Signore! che discorsi!... apposta per tormentarti!...

MÀLIA. No... non mi tormento.

Pausa.

MÀLIA (*scoppiando a piangere*). Mamma, quando non ci sarò più, e non mi vedrai più qui, come farai tutta sola?

GIUSEPPINA (*scoppiando in lagrime anche lei*) Ah! senti, Màlia!...

MÀLIA (*stringendole la mano, e tenendosela vicina*). No, mamma. Sto quieta, guarda!

Pausa.

25

MÀLIA. La Gilda ha mandato oggi a vedere come stavo?

GIUSEPPINA (*afflitta*). Sì, poveretta. Ha mandato del denaro anche.

MÀLIA. Perchè non me la fate vedere mia sorella?

GIUSEPPINA (*sospirando*). Ah, Signore! se stesse in me!...

MÀLIA (*supplichevole*). Bisogna perdonarle...

GIUSEPPINA (*piangendo*). Sì... quanto a me le ho perdonato... Ne ho troppi dispiaceri!...

MÀLIA. Glielo dirò io al babbo... quando starò un po' meglio... Allora sarà contento, pover'uomo, e mi farà la grazia!...

GIUSEPPINA (*abbracciandola*). Cara! cara!... Un vero angioletto sei!...

MÀLIA (*scostandola, alterandosi maggiormente in viso*). No, no così... Mi manca il fiato...

Dopo un momento d'esitazione.

E il sor Carlini non s'è fatto vedere oggi, mamma?

GIUSEPPINA. È andato in campagna cogli amici, a fare il San Giorgio.

MÀLIA (*sorridendo dolcemente*). Se guarisco, quest'altro anno andremo tutti insieme a fare il San Giorgio. Non è vero?

GIUSEPPINA. Sì, figliuola cara!

MÀLIA. E il sor Carlini anche lui...

GIUSEPPINA. Sì, sì, anche lui.

Vedendo entrare Don Gerolamo.

Oh, ecco qui tuo zio! Riverisco, Don Gerolamo.

Màlia sbigottisce e si scompone in viso.

SCENA III

Don Gerolamo e dette.

DON GEROLAMO. Buona sera, buona sera. E così? Come va questa figliuola?

GIUSEPPINA. Come Dio vuole. Vede, poveretta!...

DON GEROLAMO. Ho sentito che stava poco bene, e son venuto apposta.

MÀLIA. Mamma, perchè piangi?

DON GEROLAMO (*a Giuseppina*). Perchè piangi, sciocca? Vedi che tua figlia ha più giudizio di te? Bisogna fare la volontà di Dio, e pigliarsela in santa pace. Sentiamo, cos'ha detto il medico?

GIUSEPPINA. Tutti impostori, cugino mio! È un pezzo che va e viene senza concludere nulla!

DON GEROLAMO. Il vero medico è lassù, il medico per l'anima e pel corpo. Lasciate fare a Lui, che sa quello che fa.

GIUSEPPINA. Oh, Don Gerolamo, come parla bene!

DON GEROLAMO. E quell'altra disgraziata, ch'è anch'essa sangue vostro?

GIUSEPPINA. Ah, poveretta me! Che spina, che crepacuore anche quell'altra!

DON GEROLAMO. Sicuro! sicuro! Quando la incontro mi sento il rossore al viso... Vesti di seta, penne sul cappello, scarrozzate come una signora... Insomma un disonore per tutto il parentato! Suo padre che non ci pensa?

GIUSEPPINA. Non vuole più vederla. Non vuole che se ne parli... Come se fosse morta, vede!

DON GEROLAMO. Avrebbe fatto meglio ad aprir gli occhi prima!

GIUSEPPINA. Sì, Don Gerolamo! Quello che gli dicevo!...

DON GEROLAMO. Anche lui non le ha dato il buon esempio! Sempre quel viziaccio, eh! Basta, che il Signore gli tocchi il cuore a tutt'e due!

GIUSEPPINA. Il cuore l'ha buono, povera Gilda!... Ci ha soccorso quanto ha potuto, durante la malattia. di sua sorella...

MÀLIA. Mamma, vorrei parlare da sola a solo allo zio prete... No, mamma! non piangere di nuovo!

GIUSEPPINA (*col grembiule agli occhi*). No, no ... vado qui un momento, sulla porta... Vedi, non piango...

Esce.

DON GEROLAMO. Brava! brava! Tu sei stata sempre una buona figliuola. Il Signore può farti la grazia di guarire, ma è sempre meglio trovarsi pronti a fare il suo volere. Tutti possiamo morire da un momento all'altro.

MÀLIA. Sissignore...

DON GEROLAMO. Ora di', che sto ad ascoltarti.

MÀLIA. Sissignore... sì...

DON GEROLAMO. Cos'hai da confessare?

MÀLIA. Non so... Non so come dire...

DON GEROLAMO. Vediamo, vediamo. Cosa ti sta sulla coscienza? Qualche mancanza verso i genitori o verso il prossimo? Qualche peccatuccio di gioventù?...

MÀLIA. Sissignore... Ho un cruccio qui... sul cuore... che mi pesa... e non so come dirlo...

DON GEROLAMO. Dio t'ascolta ed è misericordioso, figliuola mia. Diglielo a Lui e domandagli perdono.

MÀLIA. Sì, gli domando perdono... di tutto cuore!...

DON GEROLAMO. Bene. Ora di' cosa è stato?

MÀLIA (*smorta e affilandosi in viso*). C'era un giovane... che gli volevo bene...

DON GEROLAMO. Questo non è peccato, se c'era la volontà di Dio e dei genitori.

MÀLIA. Nossignore... non sapevano nulla... Egli lavorava nel magazzino, qui in corte... E così, vedendolo ogni giorno... Poi quando m'ammalai la prima volta, prese a venire anche la sera... Lì, dov'è adesso vossignoria...

Tace un istante soffocata dalla commozione.

Veniva a leggere il giornale... o portava qualche regaluccio... e si stava chiacchierando tutti insieme, colla mamma e la Gilda, quand'essa tornava dalla maestra...

Tace un istante, sopraffatta dalla commozione.

DON GEROLAMO. Bene, avanti.

MÀLIA (*quasi le mancasse il fiato, e facendo un gesto vago*). Aspetti un momento... Scusi...

DON GEROLAMO. Povera figliuola!... Su, coraggio!...

MÀLIA. Sissignore... Allora.., allora lui vedendo la Gilda ch'è bella e sana...

Accennando col capo e guardando il prete cogli occhi lucenti di lagrime e un nodo alla gola.

Capisce?... Capisce, vossignoria?

DON GEROLAMO (*scrollando la testa*). Sì, figliuola! Sì!

MÀLIA. Il Signore mi perdonerà, è vero, se non ho potuto rassegnarmi subito a fare il suo volere... se non ho potuto togliermelo dal capo, quel giovane?

DON GEROLAMO. Ah, poveretta, ancora?

Màlia chiude gli occhi e accenna di sì.

Bisogna distaccarsi da ogni cosa quaggiù, figliuola mia, se Lui vuol farti la grazia di chiamarti in Paradiso.

MÀLIA (*rassegnata, colle mani in croce*). Sissignore.... Farò il possibile...

DON GEROLAMO. È tutto qui? Non c'è altro?

MÀLIA. Nossignore... No...

DON GEROLAMO. Bene, bene. Sta su allegra che Dio ti perdona, come io ti assolvo e benedico.

Posandole la mano sul capo. Indi chiama.

Giuseppina?

Giuseppina entra asciugandosi gli occhi.

MÀLIA (*sorridendo dolcemente*). Vedi, mamma?.., non è nulla!...

GIUSEPPINA (*abbracciandola teneramente*). Figlia! Figlia mia! Di', ora come ti senti?

MÀLIA. Bene, mamma. Mi sento bene.

DON GEROLAMO (*accomiatandosi*). Che il Signore vi assista!

A Giuseppina che l'accompagna verso l'uscio, piano:

È un angioletto, poverina!... Ma voi avreste dovuto tenere gli occhi aperti... con due ragazze in casa...

GIUSEPPINA. O Madonna!... Come ho da fare?...

DON GEROLAMO. Basta, basta. Se mai, Dio non voglia, al funerale penso io. Mandatemi a chiamare in parrocchia, all'occorrenza...

SCENA IV

Battista e detti.

BATTISTA (*col berretto in testa, in tono burbero, al prete*). Riverisco!

DON GEROLAMO. Buona sera, Battista.

BATTISTA (*come sopra*). Riverisco!

Don Gerolamo esce.

Cosa viene qui a fare costui?

MÀLIA. Babbo...

GIUSEPPINA. È venuto così... trovandosi a passare...

BATTISTA. Alla larga! Gente che porta la jettatura! Non voglio che le portino la jettatura alla mia figliuola!

Chinandosi ad accarezzare Màlia e pigliandole il mento fra le dita.

Cara! Come va adesso?

MÀLIA. No, babbo... Non mi sento bene...

GIUSEPPINA. Don Gerolamo è venuto per lei... sapendola così malata!...

BATTISTA (*amareggiato, sbuffando e volgendo loro le spalle*). Bella risorsa! Bell'aiuto avere il parente prete! Mesi e mesi che siamo nei guai, e non è venuto una volta a dirci crepa!

MÀLIA. No, babbo! non parlar così!...

GIUSEPPINA. Vedi, la tua figliuola che non sta mica bene!

BATTISTA. No! no! Non mi fate venire la bocca amara adesso! Cara la mia figliuola! È qui il tuo babbo, sai! Non dubitare!... Quell'altro impostore del medico va e viene e non conclude nulla!... È buono soltanto a spillarci i denari, lui!... Lui e lo speziale!... Peggio di due mignatte! Dà retta al tuo babbo che ti vuol tanto bene! Non sei ancora confinata in un letto, grazie a Dio... Guarirai, te lo dico io!

MÀLIA. No... non mi sento bene, babbo!...

BATTISTA. Guarirai! guarirai! Dà retta a me! Sei giovane, e ti rimetterai in gambe. Il peggio è per noi vecchi, che in gambe non ci siamo più. Ora viene l'estate, e guarirai!

MÀLIA. Davvero, babbo?

BATTISTA. Te lo dico io! Per vederti guarita mi farei in quattro, guarda!... Senti, quelli che tornano dalla scampagnata!...

GIUSEPPINA. No, no, è la sora Assunta.

SCENA V

Assunta e detti

ASSUNTA (*entrando frettolosa con una boccetta in mano*). Allegri! allegri! Ve l'avevo detto!

GIUSEPPINA. Oh Signore! Cos'ha risposto?

ASSUNTA (*ancora tutta scalmanata*). Ha detto così, che non è nulla... Che sta benone e guarirà fra pochi giorni, con due cucchiaiate di quest'affare rosso qui, una la mattina e una la sera... Il male viene da debolezza e languori di stomaco. Come chi dicesse un sacco vuoto che non può reggersi in piedi. Quando si sarà rinforzata poi, starà meglio di voi e di me.

MÀLIA. Oh mamma!

GIUSEPPINA. Il Signore l'ascolti, quella buona donna!

BATTISTA. Ma che roba è? Qualche altra porcheria?...

ASSUNTA. Porcheria?... Il *tocca e sana*, caro lei!

BATTISTA. Il *tocca e sana*! il *tocca e sana*! Ce n'ho un comò pieno lì!... Tutte storie, imposture!

ASSUNTA. Storie? Son storie che conta la sonnambula? Per tre lire che spendete!...

BATTISTA. Non so... Io tre lire le spendo volentieri, se fosse vero, per la mia figliuola. Mi leverei il pane di bocca addirittura!

A Giuseppina:

Ma i denari dove li hai presi?

GIUSEPPINA. I denari li avevo.

BATTISTA. Allora, quando ti ho chiesto tre soldi per la pipa, perchè mi hai detto che non ne avevi?

GIUSEPPINA. Me li ha mandati poi la Provvidenza.

BATTISTA. La Provvidenza?... La Provvidenza che manda soldi?

ASSUNTA. Insomma, i denari li ha avuti da chi poteva darglieli. E ora le dico ch'è tempo di finirla, e che la Gilda ha mandato a dire che vuol vedere sua sorella.

MÀLIA (*supplichevole*). Sì, babbo!

BATTISTA. Io?... La Gilda?... Io non ho più figlia!...

MÀLIA (*c.s., colle lagrime agli occhi*). Sì, babbo! Sì!

BATTISTA (*accalorandosi*). Io non ho più figlia! È morta e seppellita! Ci ho fatto su la croce!

Gesticolando e facendo la croce in terra

Ingrata! Io di figlie ci ho questa sola qui!

Abbracciando Màlia.

Non ne ho altre!

Piange.

ASSUNTA. Vede? Vede che il cuore le dice di finirla?

BATTISTA. Perchè mi vede angustiato? Perchè vede che infine il sangue non è acqua? No! No!... Ingrata!... Ecco come ci ha lasciati!... soli a tribolare con questa poveretta!... Mi vergogno anche ad uscire di casa... a trovarmi cogli amici dal Brusetti...

MÀLIA. Oh, babbo!

ASSUNTA (*piano a Màlia*). Stia cheta, stia cheta, lo lasci cantare.

BATTISTA (*sbuffando e andando su e giù per la stanza*). No! Non sono di quelli che chiudono gli occhi! Sono un povero diavolo, ma il mio onore non lo voglio toccato!

ASSUNTA. Eh, caro lei, chi glielo tocca?

Piano a Giuseppina che piange in silenzio:

La sua Gilda è qui vicino, dal sor Ambrogio, e aspetta. che la chiami. Ora gliela faremo in barba a lui!

SCENA VI

Carlini, la sora Luisina e detti.

CARLINI (*entrando gaiamente*). Ehi, sora Màlia! San Giorgio anche per lei!

Dandole delle arance.

Prenda, prenda pure senza cerimonie...

MÀLIA (*tutta contenta, animandosi in viso*). Oh! ... Oh!...

BATTISTA. Beati voi!

LUISINA. Buona sera, buona sera.

GIUSEPPINA. Ben tornati!

MÀLIA. Oh sor Carlini!... Grazie!... grazie tante!... Che bei fiori!

Accennando ad un mazzolino che Carlini ha all'occhiello.

CARLINI. Vuole anche questi? Ecco.

Si toglie il mazzolino dal petto e glielo dà.

MÀLIA (*volgendosi alla madre, giuliva*). Mamma, guarda!

LUISINA (*dando anche lei delle arance a Giuseppina*). Aranci di Palermo; li abbiamo comperati apposta.

MÀLIA (*con dolcezza vereconda*). Si rammenta, sor Carlini, che anche allora mi regalava dei fiori... quando stavo un po' meglio?... È un buon augurio...

CARLINI. Sì, di tutto cuore!

MÀLIA. Questi ora li metto nell'acqua... se no muoiono, è vero? Mamma, dà qua il bicchiere.

GIUSEPPINA (*cercando sul comò un bicchiere vuoto*). Quante gentilezze, sor Carlini!

CARLINI. La bella scampagnata eh, sora Luisina?

A Màlia:

Se ci fosse stata anche lei!...

MÀLIA. Io?... Cosa vuole...

LUISINA. Siamo stati proprio bene. Risotto, manzo a lesso, il fritto, un vino sincero che andava bene... Doveva venire almeno il sor Battista.

BATTISTA. Eh, cara lei! Ci ho altro pel capo adesso!

ASSUNTA. Passerà, passerà, vedranno!

CARLINI (*ridendo e cavando di tasca un'arancia per l'Assunta*). Brava. Ecco anche a lei... per la buona parola...

ASSUNTA (*ridendo*). Mi piace il sor Carlini, perchè sa pigliarsela colle donne, e non viene mai con le mani vuote.

CARLINI (*ridendo*). Dice davvero che le piaccio? Ah, se avesse vent'anni meno!

ASSUNTA. Lo sappiamo, lo sappiamo ch'è anche un mostro, un donnaiolo!

CARLINI (*rabbuiandosi*). No, no!... Sono stato scottato!... Come va oggi, sora Màlia?

MÀLIA. Bene, grazie, sor Carlini!

LUISINA. Poveretta! Tanto tempo che non piglia una boccata d'aria! Ma ora torna la bella stagione!

Volgendosi agli altri.

Avete visto che bel sole?

MÀLIA (*con un sorriso triste, guardando la finestra*). Sì...

BATTISTA. Quello che le dico sempre! La tormentano in mille modi. Chi dice bianco e chi dice nero. Come può ripigliare fiato?... Ci tormentano tutti quanti!

LUISINA. Poveretti! Ne avete viste!

BATTISTA. Tante! Ne ho il cuore pieno.

ASSUNTA. Ora è finita. Ci si è messa la sonnambula!

GIUSEPPINA. Magari, Madonna santa!

ASSUNTA. Ve lo dico io! Vuoteremo presto una bella bottiglia alla sua salute!

LUISINA (*accomiatandosi*). Allora buona sera! Vado a prendere il mio uomo, qui, dal Brusetti.

ASSUNTA. Venga anche lei, sor Battista, un momento. Andiamo a bere alla salute della sua figliuola.

BATTISTA. Mi lasci stare. Non ne ho voglia adesso.

GIUSEPPINA. No, no, lo lasci stare.

ASSUNTA (*piano a Giuseppina*). Ve lo levo dai piedi, e così vado a chiamare la sua Gilda.

A Battista:

Venga! venga! Non si faccia pregare per fare un brindisi alla salute della sua figliuola.

BATTISTA. Cara! S'è per la mia figliuola, non so che dire... E tratto io! A condizione che pago io per tutti!

Piano a Giuseppina:

Dammi qualche soldo.

GIUSEPPINA. Ma...

BATTISTA. Vuoi dirmi ancora che non ne hai?

Giuseppina gli dà i denari.

Venga anche lei, sor Carlini.

CARLINI. No, grazie, ne ho abbastanza. Faccio un po' di compagnia alle sue donne piuttosto.

BATTISTA. Bene, bene. Torno subito.

Esce con Luisina.

ASSUNTA (*a Giuseppina e Màlia piano*). Aspetti un momento. Torno subito.

Esce.

SCENA VII

Carlini, Màlia e Giuseppina.

MÀLIA. Come è buono lei, sor Carlini, a restare qui solo con noi!...

CARLINI. Niente, niente. Lo fo volentieri. Sono un po' stracco anche, ma ci siamo divertiti. Peccato che non abbia potuto venire anche lei coi suoi genitori!

MÀLIA. Quest'altro anno, se guarisco, la mamma dice che andremo tutti insieme...

GIUSEPPINA. Sì, Sì.

MÀLIA. Sarà contento anche lei, sor Carlini, che vi andremo tutti insieme?

CARLINI. Contento, contentissimo. Lo sanno che sono contento di star con loro! Ho avuto dei dispiaceri... dei crepacuori anche!... Ma pazienza! Qui almeno c'è gente che mi vuol bene!

GIUSEPPINA. Perchè se lo merita!

CARLINI. E anch'io, sa! Vede questa poveretta? Mi piglierei il suo male per vederla guarita.

MÀLIA. Oh, sor Carlini!...

CARLINI. No, no, me lo lasci dire.

MÀLIA. Dio glielo renda!... come lei desidera!...

CARLINI (*accorato, scrollando le spalle*). Ma che! Ma che!...

GIUSEPPINA (*a Màlia*). E tu calmati. Non ti stancare.

MÀLIA. No, mamma... lasciami parlare... Mi fa bene anzi... Ora ch'è qui il sor Carlini...

CARLINI. Sì, sì, la lasci dire.

MÀLIA (*a Carlini timidamente dopo aver esitato un istante*). Oggi, sa... c'è stato lo zio prete...

CARLINI. Oh, perchè?

MÀLIA. ...Perchè... dice... possiamo tutti morire da un momento all'altro...

CARLINI. Non dia retta. Dicono sempre così. Ma lei guarirà. Creda a me che guarirà!

GIUSEPPINA. Dio l'ascolti, sor Carlini! Non le pare? Da un po' in qua essa ha miglior cera!...

CARLINI. È vero... è vero...

GIUSEPPINA (*a Màlia*). Vedi? Lo dicono tutti. Sta su allegra dunque! Non ti angustiare!

MÀLIA. Sì, mamma.

GIUSEPPINA (*a Carlini*). Mentre c'è lei che le fa un po' di compagnia, vado un momento sulla porta a prendere una boccata d'aria.

MÀLIA. Povera mamma!

GIUSEPPINA (*piano a Màlia*). No, vado a vedere se arriva la Gilda. Ho paura che la sora Assunta mi faccia qualche pasticcio con quel benedett'uomo di tuo padre.

A Carlini:

Con permesso.

Esce.

SCENA VIII

Màlia e Carlini.

MÀLIA (*timida e imbarazzata*). Davvero?... non s'annoia a stare con una povera malata?

CARLINI. Che dice mai? Sa che ci sto tanto volentieri con lei.

MÀLIA (*quasi colle lagrime agli occhi*). La ringrazio!... Di tutto cuore la ringrazio, sa!...

CARLINI. Ma di che?

MÀLIA. Niente... La ringrazio... Mi lasci ringraziarla...

CARLINI (*sospirando e accennando col dito*). Il cuore ce l'ha almeno lei... lì!

MÀLIA (*con un sorriso triste*). Dicono ch'è tanto malato anche!

CARLINI (*alzando le spalle*). Li lasci dire... Non sanno quel che si dicano, alle volte.

MÀLIA. Mi rincrescerebbe tanto... di morire adesso!...

CARLINI. Ma cosa le viene in mente ora?

MÀLIA (*con le lagrime che le fanno nodo alla gola*). E anche a lei gli rincrescerebbe... è vero?

CARLINI. Non parli così, o me ne vado!

MÀLIA (*pigliandogli la mano, affettuosamente*). No, sono contenta anzi!... Tanto contenta!...

CARLINI. Bene, bene, così!

MÀLIA (*dopo un breve silenzio, timidamente, chinando il capo*). Lo zio prete dice che devo togliermi dal capo ogni cosa...

CARLINI. Chiacchiere! Lo lasci dire anche lui. A me invece il cuore dice che guarirà presto. Ne ha avuto abbastanza lei pure!

MÀLIA. Sì, sì!...

CARLINI. Ne ha passati dei guai! E anche i suoi genitori, poveretti! Tanti dispiaceri che sono piovuti in questa casa!

MÀLIA. Oh!... tanti!

CARLINI. Prima la sua malattia, poi la storia di sua sorella!... Si rammenta, eh, che colpo!

MÀLIA. Povera Gilda!

CARLINI. Che le mancava qui, in casa sua? Tutti che le volevano bene!... tanto bene!... Ah, sora Màlia, quel tiro che m'ha fatto non posso mandarlo giù!... O cos'ha?

MÀLIA (*scomponendosi sempre più in viso*). Nulla...

CARLINI. Dopo tanto che le volevo bene!....E anch'essa diceva... Diceva, almeno!... Chi lo sa poi? ... Essa era in giro per Milano tutto il giorno, ed io qui a lavorare nel magazzino... Lavoravo contento, pensando... Ecco, stasera poi la vedo!... Si stava felici e contenti tutti... Si rammenta?

MÀLIA. ...Sì, mi rammento...

CARLINI. Ah! sua sorella non ha il cuore che ha lei, sora Màlia! Siete nate tutte e due dalla stessa madre, ma il cuore che ha lei, sua sorella non ce l'ha!... Mi struggevo per lei, mi sarei cavato il sangue dalle vene per farla contenta... Ma essa, via!... per un nastro, per un vestito nuovo, per un altro che sapesse abbindolarla meglio di me colle belle paroline... Come un Giuda mi ha tradito!

MÀLIA (*abbattuta e sfigurata in viso*). Basta! Basta!

CARLINI. No! Mi lasci sfogare! Lei è buona e sa compatirmi. Ne ho inghiottito tanto dell'amaro! Ne ho il cuore grosso così!... Ho bisogno d'alleggerirmi il cuore... Adesso che le parlo, vede, mi sembra di spiattellare il fatto mio a sua sorella! Era proprio qui... vicino a lei!... Qui l'ho persa la mia bella pace! L'ho avuto qui il boccone amaro!... Ma cos'ha? Le vien male?

MÀLIA. No... no... senta!...

CARLINI. Scusi, scusi tanto, sora Màlia! Lei mi compatisce e sa quel che voglio dire!...

Vedendo il pallore della Màlia, che s'abbandona sui guanciali.

Ma ohi? Che succede? Chiamo la sua mamma?

SCENA IX

Assunta, poi Gilda, Giuseppina e detti.

ASSUNTA (*entrando vivamente*). È qui! è qui!

GILDA (*correndo ad abbracciare la Màlia*). Màlia! Màlia!

MÀLIA (*tra le braccia della sorella, balbettando e piangendo di gioia*). Ah!... ah!...

GIUSEPPINA (*col grembiule agli occhi*). Signore benedetto!

ASSUNTA. Ve l'avevo detto che gliela facevo in barba!

GILDA (*a Màlia*). Oh! Come sei ridotta, poverina!

GIUSEPPINA. Adesso sta un po' meglio. Se l'avessi vista! È un pezzo che il medico va e viene...

ASSUNTA Non è nulla, non è nulla! Sono stata a consultare la sonnambula e dice che non è nulla.

GIUSEPPINA (*a Gilda*). Vedi, il sor Carlini..

GILDA. Buona sera, sor Carlini.

CARLINI (*che è rimasto imbarazzato, un po' in disparte*). Riverisco,.. Buona sera...

MÀLIA (*colla voce rotta*). Oh Gilda!... Come sono contenta ora!...

ASSUNTA. Io vado sulla porta, Perchè non vorrei che arrivasse quel guastamestieri del sor Battista. Se mai lo terrò a bada, e voialtri, appena mi sentite parlar forte, scappate sotto il portico.

GIUSEPPINA. Va bene, va bene. Intanto bado al desinare.

SCENA X

Giuseppina presso il caminetto, Gilda e Carlini accanto alla Màlia.

MÀLIA (*come sopra, tenendo Gilda per mano*). Mamma!... Eccola qui, infine!

GILDA. Come sei pallida!... Che viso hai!...

MÀLIA. Il vederti!... Tanto tempo senza!...

GIUSEPPINA. Sì, sì, non ti stancare.

GILDA. Non ti stancare. Noi staremo qui, vicino a te; ma tu sta cheta.

MÀLIA. Bene... Sta qui...

GILDA. Sì, sono qui... Verrò anche domani...

MÀLIA. Domani?... Chissà!... Non lasciarla sola la mamma...

CARLINI. Stia tranquilla, sora Màlia. Siamo tutti qui, vede?

GIUSEPPINA (*alla Gilda*). Vedi che buon amico il sor Carlini!

GILDA. Sì, lo so.

CARLINI. No, non ho fatto niente. Loro si meriterebbero questo e altro. Per loro mi butterei nel fuoco.

MÀLIA. Grazie!... grazie!... Non so dirle altro...

CARLINI. Quando la gente se lo merita!... Bisognerebbe esser senza cuore a piantarli nei guai... E un po' di quella roba in petto ce l'ho anch'io!... Bene o male ce l'ho anch'io!...

Vedendo che la Gilda non gli dà retta.

E lei è stata sempre bene, sora Gilda?

GILDA. Sì, grazie. E lei?

CARLINI. Io? Come vuole... Come un povero diavolo... Come uno che non importa... Non importa a nessuno...

GIUSEPPINA. Oh! Che dice mai?

CARLINI. Eh! So quel che dico!... Chi vuole che gliene importi?

Alla Gilda:

Lei però è sempre bella e fresca come una rosa!

GILDA. Eh, caro lei!...

CARLINI. Sì, sì, dico quel che penso... Parliamo spesso di lei qui, con sua sorella e la sua mamma... Non è vero, sora Giuseppina?

GILDA. Bontà sua. Non me lo merito.

CARLINI. Già!... Il cuore non si cambia da un momento all'altro... Vengono le amarezze, vengono i dispiaceri, ma il cuore è sempre quello!...

GILDA. Dispiaceri ne abbiamo tutti.

CARLINI. Che dispiaceri vuole aver lei? Lei bella, lei senza fastidii, lei portata in palma di mano!...

GILDA. Lasciamo stare questi discorsi.

CARLINI. Come? Non è contenta?

GILDA. Sì... Lasciamo stare.

MÀLIA. Mamma, vuoi darmi la medicina della sonnambula?

CARLINI (*premuroso*). A me, a me! Dieno qui il bicchiere.

GIUSEPPINA. Ci ho messo i fiori adesso.

MÀLIA. Portali qua, mamma... Voglio darli alla Gilda...

GILDA. No, non privartene, poverina.

MÀLIA (*dandole i fiori*). Prendili... Me li ha dati lui...

CARLINI. Son poca cosa... Non son degni... Lei ne avrà avuti tanti di più belli, lo so...

GILDA. Non volevo dir questo... anzi, la ringrazio tanto.

CARLINI. Ognuno dà quello che ha... Quando si dà con tutto il cuore, basta.

GIUSEPPINA (*a Màlia dandole la medicina*). Ecco la medicina... Non la vuoi più adesso?

MÀLIA (*sempre più abbattuta*). Non so... Sollevami il capo, mamma...

CARLINI (*affrettandosi ad aiutarla*). Ecco, ecco!

MÀLIA (*respingendolo colle mani tremanti*). No!... Lei, no!...

GIUSEPPINA. Perchè, poveretto? è così buono!

Màlia scuote il capo dolorosamente, e lo china sul petto, mentre delle lagrime le scendono giù per le guance.

CARLINI (*chino su di lei*). Dica, la vuole la medicina?

MÀLIA. No... Mi lasci stare...

CARLINI (*a Giuseppina*). S'è stancata troppo. L'avete fatta parlare...

GIUSEPPINA (*a Màlia*). Più tardi eh? Vuoi riposare un momento ora?

Màlia fa cenno di sì chiudendo gli occhi.

GILDA. Povera Màlia!... Signore Iddio!...

CARLINI. Lei non ha visto niente! Oggi poi è stata una giornataccia!... E anche la sua visita!... Che vuole? È naturale... Mi sono sentito rimescolare io pure, appena l'ho vista entrare...

GILDA. Oh... Non merito tanto...

CARLINI. Che vuol farci, è così... Penso a quei bei tempi che si era tutti qui, felici e contenti... Lei non se ne rammenta neppure forse...

GILDA. Oh!... a che giova ormai?...

CARLINI. Ecco! Non vuol nemmeno sentirne parlare!...

MÀLIA. Basta, basta, per carità!...

GILDA. Basta, sor Carlini!... Vede, quella poveretta!...

Volgendosi alla Màlia che si scompone sempre più in viso, ed è rimasta immobile col capo chino sul petto.

Màlia! Màlia!

Gridando.

Ah, mamma!... la Màlia!

CARLINI (*correndo tutto sossopra*). Presto! presto! La medicina!

GIUSEPPINA (*accorrendo colle mani nei capelli*). Màlia!... Figlia!... Figlia mia!...

39